うたのすきな かえるくん

かこさとし さく・え

PHP

かえるくんは、うたが　だいすきでした。
そして　とても　よい　こえでした。
けれども　なかよしの　かえるちゃんが、
もう　ながいこと　びょうきで　ねているので、
きょうも――

おみまいに
やってきました。
「ねえ　かえるちゃん。
きぶんは　どう？」
「ええ　ありがとう。
すこし　よくなった
みたいよ。」
「それは　よかったね。

ゆうがたには　くすりと
たべものを　もってきて
あげるから　まっててね。」
「いつも　ありがとう、
かえるくん。」
ベッドの　かえるちゃんは
にっこり　わらいます。
だけど――

かえるくんは　びんぼうで、おかねが
ありません。それで　まちかどで　うたを
うたって　おかねを　もらうことに　しました。

♪あおいそら
しろいくも
きみの　すきな
アイスクリーム
ぼくの　こころは

しみるよ
♪はれたそら
ちぎれぐも
きみの　すきな
シュークリーム
ぼくの　こころは
とけるよ

いっしょうけんめい　かえるくんは
うたいましたが、だれも　きいてくれません。
だから　いつまで　たっても、おかねは
あつまりませんでした。

がっかりした
かえるくんが　あるいて
ゆくと　とても　いいしごとが

ありました。
しょくどうの
さらあらいの
しごとです。
かえるくんは
とても　よく
はたらきました。

けれども
しっぱいをして
おかねも
もらえずに
おこられて
やめなければ
なりませんでした。

そこで　かえるくんは
もっていた　ギターを
うって、そのおかねで
すこしの　くすりと
たべものをかって、
ゆうがた
かえるちゃんの
ところへ　いきました。

「さあ　おくすりと　たべもの　もってきたよ。
はやく　よく　なってね。」
「いつも　ありがとう。でも　おくすりや
たべものより　わたしは　かえるくんの
うたを　きくのが　いちばん　うれしいわ。
ねえ、きょうも　うたを　きかせて？
あら、いつもの　ギターは、どうしたの？」
「うん、あの、ちょっと、こ、こわれて、いま

なおして　いるんで、だ、だから、きょうは
ギターなしで
がまんしてね。」
「いいわよ。おねがいね。」
かえるくんは　こころを
こめて　うたいました。
♪あかいそら　なびくくも　きみの　めにも
ゆうやけぐも　ぼくの　こころは　もえるよ

「かえるくん　とても　よかったわ。」
「そうかい。じゃ　あしたは　なにを
おみやげに　もってきたら　いいかな。」
「ねえ、あんまり　わたしの　ために　おかね
つかわないでね。」
「だいじょうぶだよ。ぼくが　うたを　ちょっと
うたうと　おかねが　すぐ　あつまるんだから。」
「そう、すばらしいのね。じゃ　すこしで

いいから　おはなが
ほしいわ。」
「よしきた。　はななんか
わけないよ、
まっててね。」
「さようなら。」

つぎのひ
かえるくんは
トンカチと　クギヌキと
ナイフと　ハリと
クギを　もって
とおりで　くつなおしを
はじめました。
♪トントン　わたしは

くつやです
かわぐつ　ながぐつ
こどもぐつ
スポーツぐつに
ハイヒール
なんでも
てばやく
なおします

「おい　くつや。ちょっと　このあなを
なおしてくれ。はやいとこ　たのむよ。」
さっそく　さいしょの
おきゃくが　きました。
「はい　かしこまりました。」
♪トントン　わたしは
くつやです　くぎの　でっぱり
あなふさぎ　くちが　あいたの

やぶけたの　なんでも
おはやく　なおします
「どうも
おまちどおさまでした。」
「もう　できたのかい、
いくらだね。」
「はい。10えんです。」
「そりゃ　やすいな。」

ところが　くつを　はこうとした
おきゃくが　おこりだしました。
くつの　おもてと　うらが
いっしょに　くっついて
あしが　はいらないからです。
かえるくんは　あやまって
おかねを　かえして、
くつを　なおして

ようやく　ゆるして
もらいました。
かえるくんが　あせを
ふいていると、
「くつやさん。かかとが
へってしまったので
いそいで　なおしてね。」
と、つぎの　おきゃくです。

「はい、
かしこまりました。
こんどは
まちがえないで
がんばるぞ。」
♪トントン
わたしは　くつやです
かかとの　へったの

へこんだの　そこの
はりかえ　うらなおし
なんでも　おやすく
なおします

「はい、
おまたせしました。」

「あら　なによこれ。
こんなに　こっちだけ
たかくしたら、
あるけないじゃ
ないの。
　はやく　なおしてよ。
なおせないなら、
あたらしいくつと

とりかえなさいよ！

あんたが　わるいんでしょ！」

かえるくんは　あたらしいくつも　おかねも
もっていません。それで　トンカチや
クギヌキを　みんな　うって　おかねに
かえました。そのおかねで　あたらしいくつを
かって　おきゃくに　あげました。

かえるくんは　もう　もっているものも
うるものも
なくなってしまいました。

かえるくんは
はなやの　まえを　とおりましたけれど
はなを　かう　おかねが　ありません。
かえるくんは

「かえるちゃんは
まってるだろうなあ。」
と　おもいました。
そこで　のはらの
はなを　つんで
かえるちゃんの
ところへ　もって
ゆきました。

「きれいな　はなでなくて　ごめんね。」

「いいのよ。わたしは　こういう　はなのほうが　ずっと　すきだわ。」

「かえるちゃん　もう　くすりや　たべものなくなるけれど　あした　きっともってくるから　まっててね。」

かえるくんは　そういって　かえっていきました。

その　あくるひ
かえるくんは
あさはやくから
しごとを
さがしました。

いろんな　ところへ
いって
たのみました。
けれども
どこでも
ことわられて
しまいました。

「ああ　こまったな。
どうしたら　いいかなあ。」
かえるくんが　こうえんで
みずを　のんでいると
「おい　そこの　あんちゃん。
はら　へってるんじゃ
ないのかい。」
と、ふとった　うしがえるどのが

はなしかけました。
「はい　あさから
ずーっと　なにも
たべて　いません。」
「そりゃ　わかいのに、
いけねえな。
ま、こっちへ
ついてきなよ。」

こうして
かえるくんは
きれいな
レストランで
すばらしい
しょくじを
ごちそうに
なりました。

「あっはっは。
わしは
こまったもんを　たすけるのが　すきでな。
どうだ、いいしごとが　あるんだが、てつだって
くれねえか。」
「はあ　ありがとう　ございます。やらせて
ください。」

「そうよ。そうこなくっちゃね。よしよし。
ひがくれたら　ミケネコ・クラブに
きてくれよ。おれいは
たんまり　するからな。
あっはっは。」
と、うしがえるどのは
どこかへ
いってしまいました。

かえるくんは
ゆうがた　かえるちゃんの　ところへ
いけなくなるので　こまったなと
おもいました。それに　なんだか　よるの
しごとで　いやだなと　おもいました。

けれども　しょくじを　たべさせてもらった
うしがえるどのに　わるいし、それに　おかねが
なくては　かえるちゃんに　くすりも
たべものも　おはなも　かっていけません。
だから　しごとが　おわって　おかねを
もらったら　すぐ　かえるちゃんの　ところへ
いくことにして、ミケネコ・クラブを
さがしました。

そのうち
いつのまにか
ひが
とっぷりと
くれて
しまいました。

ようやく　ミケネコ・クラブを　みつけて、
はいって　ゆくと、　なかで　うしがえるどのの
ほか　あおがえると
あかがえると
つちがえるが
まっていました。
そして　うしがえるどのが
かえるくんに　いいました。

「よしよし。まってたとこだ。いいか。
わしたちは　これから　ひとしごと　するから
おまえは　ここにいて　だれか　きたら
あいずを　するんだ。わしらが　ぶじに
もどって　きたら、それだけで　おまえに
100えん　やろう。どうだ　いい
しごとだろう。」

「はい。よく　わかりました。でも　どうして
みなさんは　くろいふくを　きているのですか。」

「あっはっは。ほかに　いいふくを　もって
いないからさ。あっはっは。」
「では　どうして　みんな　くろいめがねを
してるんですか。」
「ああ　そりゃ　みんな　めが
わるいもんだからでな。」

「では　どうして
みなさん
ピストルなんか
もってるんですか。」
「ええい！
つべこべいわずに
おまえの　やくめだけ
やってりゃ　いいんだ。

よけいな　ことを　いったり
すると　ズドンと、
ころして　しまうぞ。」
そういうと
よんひきの
あやしい　かえるは
ちかしつに
おりて　ゆきました。

かえるくんが　そっと
のぞくと、ちかしつから
じめんの　したを　ほった
べつの　あなが　みちの
むこうまで
つづいているのが
みえました。
そのみちの　むこうには

ぎんこうと　ほうせきてんが
ならんで　いるのです。
「そうか。あの　よんひきは
じめんの　したを　ほって、
ぎんこうの　おかねと
みせの　ほうせきを
ぬすもうと
しているんだな。よおし。」

かえるくんは　いそいで　ちかしつの　とを
しっかり　しめると、つくえや
いすを　どっさり　つんで
あかない　ように　しました。
それから　けいさつに
しらせようと　しましたが
でんわが　ありません。
そこで　かえるくんは、たかい

やねに　のぼって　やねのうえから　おおきな
おおきな　こえで　さけびました。

♪まちの　みなさん　おきてくれ
まちの　みなさん　きいてくれ
ほうせきどろぼう　ギャングです
あか　あお　つちに　うしがえる
はやく　しないと　たいへんだ

かえるくんの　こえが　とても
おおきくて　はっきりしていて
すばらしかったので　まちの　みんなは
すぐに　おきました。おまわりさんも
きがつきました。それで　たちまち
わるい　うしがえるたちを　つかまえて
しまいました。

さあ　それからが
たいへんで　かえるくんは
ずっと　しんぶんや
テレビの　カメラに
とりかこまれて
いろんなことを
きかれたり　しゃべったり
はなしたり　しました。

よるが　あけると　こんどは
ぎんこうの　えらいかたや
ほうせきてんの　しゃちょうさんや
けいさつの　しょちょうどんやらが
つぎつぎ　かえるくんに
おれいを　いったり
ほめたりしに　やってきました。
そこへ　また――

りっぱな　しんしが　きて
いいました。
「さくばんは　まことに
みごとな　すばらしい
おこえを　きかせて　いただきました。
わたしは　じろべえぬまオペラの　しきしゃを
やっております。どうか　わたしの　ところで
うたって　いただけないでしょうか。

おれいは　いますぐ　いちまんえん　おはらい
させて　いただきます。
いかがでございましょうか。」
　かえるくんは
よろこんで
この　もうしいでを
うけることに　しました。
そして――

もらった　おかねで
とても　よくきく
くすりと

すてきな
ごちそうと
きれいな
はなたばと

それに
りっぱな　ギターと
じどうしゃを
かうと――

ぜんそくりょくで
かえるちゃんの
うちへ　むかいました。

するとむこうから
おそうしきのれつが
やってきました。
「かわいそうにねえ。」
「かわいいむすめさん
だったのにねえ。」
ぎょうれつの
かえるたちの

こえが　きこえました。
かえるくんの　かおは
まっさおに　なりました。

「きのうは　とうとう
かえるちゃんの　ところへ　いけなくて、
くすりも　たべものも　なくなったので、
もしかしたら――。」
と　かえるくんは　むねが　どきどき
してきました。

かえるちゃんの　うちに
つくと、
かえるくんは
「かえるちゃーん。」
と　いいながら　へやに
とびこみました。

きのうまで
かえるちゃんが
ねていた
ベッドは
からっぽです。
へやも
きちんと
しています。

「ああ　どうしよう。
ぼくが　こなかった　ばかりに、かえるちゃんは
ひとりぼっちで　しんじゃったんだ。
さっきの　おそうしきが　かえるちゃん
だったんだ。」
と、かえるくんは　おいおい　なきました。

するとそのとき――

「あら　いらっしゃい。」
と、かえるちゃんの
かおが　でてきました。
「うわー　おばけだあー。
ゆうれいだあー。」
「まあ　なにいっているの。わたし

かえるちゃんよ。ちゃんと
あしも　あるでしょ。」
「ほんとうに、いきてるね。
だけど　どうして　かえるちゃん
ベッドに　ねていないの。」
「それがね、きのう　なにも
たべるもの　なかったでしょう。
だから――

わたし　かえるくんが　もってきた
はなを　たべちゃったのよ。
そしたら　それが
とても　よい
おくすりでね、
たちまち　びょうきが　なおって
げんきに　なって　しまったの。
それで　いま　そとで

おせんたくしていたと
いうわけ。これも　みんな
かえるくんの　おかげよ。」
「そうか　よかったね
かえるちゃん。ぼくもね
じろべえぬまの　げきじょうで
うたを　うたうことに
なったんだよ。」

「まあー、すてき！　おめでとう
かえるくん。それに　ギターも
なおったのね。
まるでちがうみたいに　りっぱだわ。」
「うん、と、とってもよく、
な、なおってね、と、とっても
よくなったんだよ。」
「ええ、ほんとに　よかったわね。」

こうして
うたの
すきな
かえるくんは
じろべえぬまの
げきじょうで――

まいばん　げんきな　すばらしい
うたを　うたうように
なったのです。

♪すんだよる　ひかるほし
まるで　きみの　くびかざり
ぼくの　こころは　きらめくよ、
♪ふけるよる　とおいほし

きみに　よあけ　くるひまで
ぼくの　こころは　ねむらない

もし　みなさんが
じろべえぬまの　そばを
とおったりしたら、
きっと　かえるくんの　このうたごえを
きくことが　できるでしょう。

加古里子（かこさとし）

1926年、福井県生まれ。東京大学工学部卒業。主な作品に「だるまちゃん」シリーズ（福音館書店）、『どろぼうがっこう』『からすのパンやさん』（以上、偕成社）、「かこさとしこころのほん」全5巻（ポプラ社）、『子どもと遊び』（大月書店）、『日本の子どもの遊び』（青木書店）、『私の子ども文化論』（あすなろ書房）など多数。「かこさとしあそびの大宇宙」（農文協）で産経児童出版文化賞、『ピラミッド』（偕成社）で第11回日本科学読物賞、『遊びの四季』（じゃこめてい出版）で第23回エッセイストクラブ賞、久留島武彦賞受賞。現在、教育、文化、科学技術、福祉に関する総合研究所を主宰。

装幀・扉デザイン　鷹觜麻衣子

うたのすきなかえるくん

発　行　1977年12月6日第1版第1刷
　　　　1986年1月31日第1版第9刷
　　　　1992年7月10日新装版第1刷
　　　　1993年6月25日新装版第2刷
　　　　2018年6月20日新装改訂版第4刷

著　者　かこさとし
発行者　瀬津 要
発行所　株式会社PHP研究所
　　　　東京本部　〒135-8137　江東区豊洲5-6-52
　　　　児童書出版部　TEL　03-3520-9635（編集）
　　　　児童書普及部　TEL　03-3520-9634（販売）
　　　　京都本部　〒601-8411　京都市南区西九条北ノ内町11
　　　　PHP INTERFACE　https://www.php.co.jp/
印刷・製本所　図書印刷株式会社
組　版　朝日メディアインターナショナル株式会社

ISBN978-4-569-68671-4